Aux

Cendres de Napoléon

IMPRIMERIE PANCKOUCKE,
Rue des Poitevins, 14.

AUX CENDRES

DE

NAPOLÉON

PAR

L. F. BAOUR-LORMIAN

De l'Académie française.

PARIS

BOHAIRE, LIBRAIRE

BOULEVARD DES ITALIENS, 10

—

1840

Le dernier vœu de Napoléon est rempli : ses restes, longtemps exilés, reposeront sur les bords de la Seine.

Attaché par reconnaissance à sa mémoire, j'ai voulu lui payer un dernier tribut. C'est une fleur sans éclat jetée sur sa tombe par le vieux poëte qu'il honora de son estime et de ses bienfaits

L. F. Baour=Lormian.

AUX

CENDRES DE NAPOLÉON

Notre âge a vu sortir de la foule commune
Un homme favori de l'aveugle fortune
Qui lui donna quinze ans, fidèle à ses projets,
Pour empire l'Europe, et des rois pour sujets.
Tout frémit aux lueurs de son glaive intrépide ;
Fort comme la tempête et comme elle rapide,
On le vit, défiant le sable et ses écueils,
Troubler les Pharaons couchés dans leurs cercueils.
On le vit promener du couchant à l'aurore
Ses aigles ombrageant le drapeau tricolore,
Fatiguer la victoire, et sous ses pas errants
Dans la poudre effacer le nom des conquérants.

Bientôt sous nos regards le pontife suprême,
Du soldat triomphant bénit le diadème.

L'Occident tributaire enviait la splendeur

D'un siècle qui s'ouvrait avec tant de grandeur.

Le calme succédait aux discordes civiles;

L'opulente victoire enrichissait nos villes;

Dans les flancs du granit mille canaux creusés

Fécondant nos guérets par leurs flots arrosés;

L'industrie et les arts rivalisant de zèle;

Les marbres dieux, orgueil de la vie éternelle,

Comme des voyageurs sur nos bords descendus;

Au culte du Très-Haut les saints temples rendus;

Les Alpes nous livrant leurs cîmes aplanies;

Des antiques palais les formes rajeunies;

Aux lieux où s'étendait le marais croupissant

De superbes moissons dans l'air se balançant;

La France souveraine et partout respectée.

Et d'un code immortel Thémis enfin dotée;

Tout fascinait nos yeux d'un prisme suborneur

Et parait l'avenir d'espoir et de bonheur.

Mais au nouveau CÉSAR le sort toujours prospère

Pour épuiser ses dons voulut le rendre père.

Rayon pur dont l'éclat un moment a brillé,

Un fils dans son berceau, de la pourpre habillé,

Naquit pour affermir sur sa base profonde

L'empire qu'entouraient les hommages du monde.

D'une telle faveur peu satisfait encor,

A l'aigle insatiable il redonna l'essor,

Et courut de son glaive apporter la menace

Au Moscovite assis sur son trône de glace.

Mais déjà dans le ciel son astre avait pâli;

Son fabuleux destin était déjà rempli

Et l'inflexible hiver, trompant son espérance,

Vaincu par les frimas, le rendit à la France.

Depuis ce jour fatal de revers accablé,

Ployant sous le fardeau de l'empire ébranlé,

Trahi par des ingrats, à leurs complots en butte,

Il tomba...., l'univers retentit de sa chute.

Ah! sur les seules lois appuyant son pouvoir

S'il eût, chef citoyen, mieux connu son devoir,

Fils de la liberté, si d'un zèle sincère

Il avait embrassé la cause de sa mère,

Qu'auraient pu contre lui ces mille bataillons

Des torches de la guerre embrasant nos sillons!

Nos bras auraient sans peine étouffé l'incendie.

Mais tout fut immobile : et l'Europe enhardie

Se levant tout entière à l'appel de ses rois,

Pénétra dans nos murs pour la première fois ;

Et la Seine frémit de voir sur ses rivages

Flotter les étendards des peuplades sauvages.

Cependant le proscrit, plus grand que son malheur,

Déchu du rang suprême où monta sa valeur,

Alla de son exil subir l'ignominie ;

S'éteindre dans l'horreur d'une lente agonie

Parmi des rocs affreux que de ses flots amers

Pressait en rugissant la ceinture des mers.

Oh ! que de souvenirs tyrans de sa pensée

Durent peser alors sur son âme oppressée !

Que de songes cruels à ses sens éperdus

Offrirent le tableau de tant d'honneurs perdus !

Tantôt des rois soumis il acceptait l'hommage :

Tantôt une riante et douloureuse image

Se montrait à ses yeux de pleurs d'amour voilés ;

C'était un bel enfant aux longs cheveux bouclés,

Vermeil comme une fleur à sa première aurore ;

Et lui, d'un tel bonheur semblait douter encore.

Joyeux, sur ses genoux l'enfant venait s'asseoir,

Lui donnait un sourire et le baiser du soir,

Et puis, enveloppé de nuages funèbres,

Le fantôme charmant fuyait dans les ténèbres.

Et le captif alors s'éveillait.... quel réveil !

Jusqu'au moment où l'aube annonce le soleil,

Le murmure des flots que la brise balance

De l'infâme prison troublait seul le silence.

Le martyr d'Albion avec l'astre des jours

Voyait de ses tourments se prolonger le cours.

C'est là, c'est dans ce lieu que l'arbitre du glaive,

De sa royale vie en terminant le rêve,

N'obtint de l'étranger pour symbole de deuil,

Qu'un saule échevelé pleurant sur son cercueil.

C'est là que, sous le poids d'une tombe sans gloire,

Repoussé de l'Europe où règne sa mémoire,

Il languissait, encor tout meurtri de ses fers,

Cadavre abandonné dans l'oubli des déserts.

Et quand il eut fini sa mortelle existence,

Sans pitié pour les maux que souffrit sa constance,

Pour un revers dont rien n'égalera l'excès,

Et qui des vainqueurs même effraya le succès,

On décerna l'outrage à sa tombe lointaine :

On osa profaner dans ce grand capitaine,

Éternel monument des caprices du sort,

Et les droits du génie et les droits de la mort....

Et pas un vétéran de l'immortelle armée

Dont les pas devançaient la prompte renommée,

Pas un Français, un seul dont la sainte douleur

Sur la pierre isolée entretînt une fleur !

Mais le temps a marché : dans sa marche il entraîne

La fureur des partis, la vengeance, la haine,

Et la seule équité, reprenant tous ses droits,

En faveur du grand homme élève enfin la voix.

Non, la France longtemps ne peut rester ingrate.

Pour le héros du monde un nouveau jour éclate.

Son image rendue au colosse d'airain

Dans toute sa hauteur, d'un regard souverain,

Semble encor mesurer la cité florissante

De tant d'autres cités reine jadis puissante ;

Ces temples, ces palais, dont la main des beaux-arts

Sous son règne immortel décora nos remparts ;

Car il sut, quel que soit l'éclat qui l'environne,

Que l'hommage des arts rehausse la couronne ;

Que, de la renommée éveillant les cent voix,

La lyre du poëte éternise les rois.

Aussi, grâce aux accents des filles de Mémoire,

La mort qui détruit tout cimentera sa gloire,

Et sa noble dépouille accordée à nos vœux

Respirera l'encens de nos derniers neveux.

Qu'il sera beau le jour où ses compagnons d'armes,

Rajeunis par la joie et les yeux pleins de larmes,

Avec un saint transport dans nos murs consolés

Accueillant du héros les restes exilés,

Viendront les déposer en ces nobles murailles

Que protégent la gloire et le dieu des batailles.

Ah! tous ces vieux débris des combats meurtriers,

Fléchissant sous le poids de l'âge et des lauriers,

Qu'aux champs de Marengo, que sur le pont d'Arcole,

Enflammait son exemple et guidait sa parole,

Garderont le dépôt à leur zèle commis.

Et s'il faut que jamais de secrets ennemis,

Oubliant les conseils d'une sage prudence,

Osent porter atteinte à notre indépendance,

Qu'ils sachent que, fidèle au maintien de ses lois

Notre France est encor la France d'autrefois.

Plus le péril est grand, plus son ardeur augmente.

Toujours le même sang dans ses veines fermente.

Toujours fière et terrible à l'heure du danger,

Toujours prête à répondre au cartel étranger,

Un coup d'œil autour d'elle assemblerait ses braves

Qu'enchaînent de la paix les timides entraves.

Les héros d'Austerlitz, de Wagram, d'Iéna,

Dont le juste courroux quinze ans se déchaîna,

Ont des fils qui, brûlant de vaincre les obstacles,

Sauraient renouveler leurs belliqueux miracles,

Venger tous nos affronts par des succès certains

Et faire au premier rang remonter nos destins.

Napoléon n'est plus ; mais sa gloire est vivante.

Le bruit seul de son nom, emblème d'épouvante,

Imposerait la fuite aux drapeaux conjurés

Contre nos défenseurs aux combats préparés.

Et s'il était besoin de réchauffer leur zèle,

De rallier leurs bras à la sainte querelle,

NAPOLÉON, l'aspect de ce fer qui te suit

Jusque dans l'épaisseur de l'éternelle nuit,

Verserait dans les cœurs une force invincible :

Au Français qu'on outrage il n'est rien d'impossible.

Tous nos jeunes soldats, rivaux de leurs aïeux,

Croiraient en triomphant triompher sous tes yeux ;

Mais, armés pour l'honneur et non pour des conquêtes,

Ils reviendraient bientôt assister à nos fêtes,

Et portant dans leurs mains le rameau d'olivier,

En consacrer l'offrande à ton cercueil guerrier.

Oui, quels que soient les torts dont l'inflexible histoire

Un jour puisse accuser l'ÉLU de la victoire,

Le temps a sur l'airain gravé son souvenir,

Et tels que deux géants, le Passé, l'Avenir,

Debout près de la tombe où va dormir sa cendre,

Veilleront en silence et prêts à la défendre.

34